나무의 걸음

나무의 걸음

아침시선 02 / 강경화 시집

황금알

좁은 보폭과 더딘 속도로 참 멀리도 왔다

꽃처럼 사람도 피고 지고 또 피던 길

천천히

가깝게 또는 멀리

나무가 걷기 시작한다

/ 차례 /

시인의 말　　　　　　　　　　　　　　　05

제1부_ 매끈한 상처

제2부_ 나무가 걸어온다

제3부_ 깊어진 너

제4부_ 생각이 선명한 꽃 무늬

제 1 부 / 매끈한 상처 /

다시 피는 꽃

바람이 불었고 벚꽃이 날린다

길이라는 가지마다
다시 피기 시작한 꽃

사나흘 흔들리다 지면
어떤 빛으로 또 피어날까

무화과

제 마음 꼭 감춘 채 불거진 열매라서
피어서 바람에 흔들린 적 없었네

아무도
알지 못했지

꺾으면 지고 마는

안으로 피고 피어
더는 숨을 수 없을 때

붉어진 가슴팍
속에서 만개한 꽃

혼자서
설레다 짓무르다

끝내버린
내 사랑

신발 끈을 묶다

그의 풀린 신발 끈이
걸을 때마다 끌린다

앞에서 흔들리는
꽉 묶지 못한 시간이

그보다
한 발 앞 서서
밟힐 듯 길을 간다

힘껏 묶어도 걷다 보면
늘 삶은 느슨해지고

반듯한 길도 걷다 보면
닦아야 될 먼지가 앉고

풀려서

위태로운 생

무릎도 꿇어야 한다

복사꽃 그대

마른 내 몸 구석구석 말간 피 돌지 않아

그대가 왔다는 말에도 기다릴밖에

복사꽃
몇 뺨 건너서

울컥울컥
오고 있다

봄날, 바람들다

문을 열고 들어서자
맞은편 문이 열리고

은행나무 침대 밑으로 봄바람이 들었다

여기에 떠도는 것이 오래된 먼지뿐일까

들키고 싶어 내던져둔 어릴 적 일기처럼
깊고도 캄캄한 곳에 표류하듯 쌓인 먼지
바람에 떠밀려 나와 하염없이 부유한다

내게 닿는 너의 말은
답을 잃은 반향어

그 쓰라린 의미를 알고 싶은 날들이

내 안에 떠 있었으면,

바람들면 좋겠다

오래된 옷

설렘 없는 원피스 한 벌
장롱 깊이 걸려있다

불어난 몸을 따라 늘어나지 않는 옷

그대가 나를 잊어가듯 안으로 밀려간다

언제부턴가 떨림 없는 고해성사는 도돌이표
하늘도 식어가는 나를 멀리 밀어두실까

입지도
버리지도 못한 마음이

한 계절을 건넌다

달팽이가 된 남자

남편은 좁은 집을 어깨에 메고 살았다.

노모가 들어오면서 집은 점점 부풀었다. '어떻게 얻은 집인데……' 노모는 방에서 나와 몇 걸음이면 끝날 거실을 운동장이라도 된 듯 한참을 걸어 푸른 나무가 자라는 베란다로, 거기서 심호흡 크게 몇 번 하고 다시 몸을 틀어 물이 있는 주방까지, 지팡이 앞세우고 느릿느릿 갔다. 지나간 자리마다 땀방울 툭툭 떨어진 길이 생겨나 남편은 그 길을 닦으며 생각했다 '어떻게 만든 집인데……' 한참 동안 옆에서 구시렁거렸다 "가구를 새로 바꿀 때가 됐어" 그러는 사이 남편의 허리는 점점 구부려져 노모의 한숨이 밤마다 들렸다, '이제 바꿀 때가 됐어. 이 집을 버릴 때가 됐어' 자신이 짐이라며 노모는 집을 버렸고 이후로도 가구는 여전히 그대로인데 남편은 아침마다 습관처럼 집을 어깨에 메고 일어섰다.

그 집에 아들과 내가 젤 먼저 들어앉았다

빛나는 구멍

노점에서 산 상추에 들어앉은 배추벌레

내 늦은 끼니를 단번에 갉아먹고
연둣빛 투명한 몸을 죽은 듯 말고 있다

벌레도 제 몸 지킬 방법 하나 가졌는데
기껏해야 소름 같은 비명이나 지르는 나

작은 몸 숨죽여 있던 곳
비밀처럼 별이 떴다

돌, 꽃을 품다

강에서 주워 온 매끈한 돌멩이

물 뿌리자
붉은 꽃 스멀스멀 올라온다

얼마나 구르고 굴러
내게 왔나
매끈한 상처

뿌리내린 모든 날이 기쁘지만 않았으리
축축이 젖어야 알 수 있는 너의 무늬

낯선 길
잎도 떨구지 않고

내게 왔다
나도 왔다

남방돌고래

두 눈에 넣어도 아프지 않을 귀한 새끼야

우리는 깊고 깊은 바다에서 태어났지만 물 위에서 숨을 쉬어야 해 심장 터질 듯 바람을 담을 수도 있고 가슴 뜨겁게 꿈꿀 일도 많단다 윤슬을 매일매일 만날 수는 없지만 운이 좋으면 노을이 가득한 하늘을 볼 수도 있어. 그런 날엔 보고픈 먼 고래에게 이 빛을 파도에 묶어 전해 주고 싶지, 맑은 밤에는 떨어지는 별을 받아 내 꼬리지느러미에 달아주마, 우리는 서로의 온기를 살 비비며 느껴야 하는 고래. 네가 주는 따뜻함은 하늘이 내게 준 선물, 그러니 이 애미가 닿을 수 없는 심연으로 들어가선 안 돼, 혹 멀어지면 네 온기를 더듬더듬 쫓아가마, 펼쳐갈 네 꿈처럼 넓은 바다에서 우리를 잇는 끈은 끊어지지 않을 거야, 그러니 제발 이 애미가 받쳐줄 테니 젖 한 모금 빨아보렴

내 심장 네게 주어도 아깝지 않을 내 새끼야

*죽은 듯 기운이 빠진 새끼고래를 어미 고래가 수면 위로 들어 올리는 모습이 어느 사진 작가의 카메라에 찍혀 신문에 실렸다.

25

뜨거운 물집

새 신도 아닌데 뒤꿈치가 쓰리다

얼마를 더 부대끼며 마주하여야 무뎌질까

그토록

내뱉지 못한 말

온종일 출렁인다

물살

홀리듯 닿은 계곡
굳은살 박인 발을 담근다

작은 돌이 순간 물 밖으로 튀어나온다

별안간 뒤집힌 생이
연둣빛으로 반짝였다

흘러온 기억이
햇살에 데워진다

순탄한 물결과 긁힌 생이 덜컹 만나

다리를 훑고 흐른다
귀까지 젖는다

밤하늘

계속되는 목과 어깨 결림으로 찾은 한의원

처방은
침 몇 대와
고개 들어 하늘 보기

하늘도
아래만 보는 걸까

넓은 등에
침 꽂혀있다

자벌레

참나무의 까마득한 우듬질 향해 자벌레 간다

팍팍했을 옹이의 시간까지 읽으며 간다

마음에 닿은 글귀마다 긋고 가는 초록 밑줄

생각이 필요할 땐 서슴없이 멈춰 서서

더듬더듬
하늘 한번
바람 한번
보고 간다

끝까지 다 읽으려면
아직도
한참이다

어떤 가뭄

녹슨 수도꼭지처럼 빡빡하게 감기는 눈

고개 젖혀 하늘 보는 날이 많아졌다

언제쯤 내 안 가득히 푸른 물이 출렁일까

설움도 뿌리가 있어 숨어서 말라갈 때

자꾸만 감기는 눈에 뿌옇게 떠도는 너

기억을 삼키지 못해 두 볼 타고 흐른다

제 2 부 / 나무가 걸어온다 /

나무의 걸음

어둠을 삼키며
나무가 걸어온다

온전히 묻히지 못해
뿌리는 항상 까치발

차가워 온기 한 줌 찾아
더듬더듬 길을 간다

생의 줄기 밀어내어 한 발씩 내딛는 일은
앞서 내린 뿌리를 독하게 끊어내는 일

제 상처 덧나지 않게
제 잎 떨궈 덮는다

맘과 달리 뻣뻣해진 몸
가면 갈수록 푸석거려

닦지 못한 눈물이
하얗게 흩날린다

뿌리는 상처를 끌고

발맘발맘
내게 온다

몬스테라*

빛과 바람 지나가라고
살을 찢어 길을 낸다

어둠이 지워지는
울음이 잦아드는

넓은 잎 찢어낸 만큼 오는 빛이 서럽다

가슴 열어 빛 한줄기
보내지 못한 시간

네 눈빛이 네 말들이
내게 부딪혀 일렁인다

비켜선
그늘과 그늘 사이
빛나는 네가 보인다.

*외떡잎식물 천남성목 천남성과의 상록 덩굴식물.

들린 뿌리에 관하여

사람의 왕래가 드문 오래돼 낡은 보도블록을
은행나무 뿌리가 가만가만 밀어올린다

포도鋪道의 빛바랜 기억이 소리 없이 전복된다.

무엇인가 올무처럼
내 발목을 잡는 아침

벗어날 수 없는 땅
길을 걷고 싶은 걸까?

치솟은 뿌리에 걸려
내 생이 휘청인다

밟힐 줄 알았을까 튀어나온 뿌리
침묵의 시간을 구부려 하늘을 본다

어둠을 찢고 싶은 뿌리,

길을 걷고 싶은 나.

네트멜론*

햇볕 따가운 한낮 누가 친 그물일까

팔딱팔딱 짜릿한 손맛
여기저기 월척이다

어망이
곧 찢어질 듯
다디단 맛 걸려있다

*표면이 그물 무늬로 되어있는 멜론

꽃 지는 시간
– 백련사 동백 숲

둥근 잎 가지 사이에 걸린 하늘, 가물거린다

뒤틀린 줄기 속에 돌 같은 혹 키운 나무

얼마나 삶이 무거워야 제 안에 돌을 앉힐까

싸늘한 숲에 쪼그려 앉아 기도하듯 널 문지른다

왜 생각은 하면 할수록 헐거나 닳지 않을까

땅 위로 드러난 뿌리 바람이 밟고 간다

눈앞에 꽃 피어나 내 잰걸음 숨이 찬다

만개하지 않은 꽃처럼 그대 얼굴 거기 두고

숲에서 막 벗어날 쯤

붉게 들렸다.
꽃 지는 소리

걸레질

햇살 비친 방안 가득 잡지 못할 먼지가 떠
걸레를 움켜쥔 채 허리를 구부린다

바닥을 닦는 시간만큼
굳은살 박이는 무릎

어머니의 묵은 기억을
뒤집어가며 닦는다

아무리 문질러도 흐릿하게 남는 흔적

그녀가 뱉지 못한 말이
얼룩얼룩 배여있다

왈칵 젖다

굳게 닫힌 생수의 뚜껑을 힘껏 따다

꾹 참았던 날처럼
물이 왈칵 쏟아졌다

젖어서 달라붙은 바지도
걷다 보니 말라간다

넘어진 플라타너스

손바닥 같은 그늘을
길 위로 뻗을 때면

가지를 툭툭 지워 빛의 길을 만들었다

바람이 흔들어 깨워도
꿈쩍 않는 나뭇잎

겉모습 멀쩡한 나무 도로 위로 쓰러졌다

해마다 잘리고 잘려
가슴마저 텅 비워버린

뿌리를 하늘로 쳐든 채
열매 몇 개 떨어트린다

그늘이 잘린 자리

아버지 봉분 위로
그늘이 지지 않도록

백일홍 새 가지 뻗는 족족 쳐내는

거친 손 견디지 못해 나무는 물을 끊었다

피다만 붉은 꽃이
가지 끝에 달려있다

하늘 끝 낮달이 희미하게 떠올라도

풀 돋을 흙 한 줌 없이

마른 그늘 되고 있다

나팔꽃

등 뒤에서 나를 부르면
오른쪽으로 반응한다

갈림길 앞에서도 오른쪽에 맘이 간다

왼쪽은 내게 먼 것일까
잘못 짚는 날 늘어간다

나팔꽃 더듬더듬 철망을 오른다
막힌 담도 아닌 곳
굳이 넘으려 한다

자꾸만 내가 놓친 왼쪽으로
몸 칭칭 감고 간다

천성

인적 드문 산길에서 떵떵거리며 품도 잡았고

벌레와 비바람에 쓴맛도 톡톡히 겪은

저 돌배
먹을 이도 없는 열매
매달고 싶어

만개한 꽃

바위 속의 길

여기는 높지 않아도
위태로운 절벽 끝

작은 바위 깨진 틈에
콱 끼어있는 뿌리 하나

흉터에 솟은 새살처럼
불거진 채 뻗어있네

뿌리가 잡고 가는 돌에
새로 생긴 실금 하나

흙을 파는 힘으로
돌의 심장 파고드는 걸까

그대가 그렇게 오면
내 가슴 뛰겠네

개미와 날개

키보다 큰 날개를 물고
개미 한 마리 길을 간다

잠자리 날개 어디서 어떻게 얻은 걸까

그나마
통통한 가슴 옆에
바짝 붙이고 가고 있다

얼마나 설렜으면 눈길 한번 안 주는 걸까

날개 하나론 날 수 없어
지그재그 달려간다

두고 온
한쪽 마저 가지러
왔던 길 또 가야겠네

흔들린다

물어물어 찾아간 곳에 그대는 없었다

발을 돌려세우는데 담쟁이 땅을 간다

허투루 짚고 있진 않을까
넝쿨 끝
흔들린다

감

연둣빛 그늘 곳곳
여린 꽃 감싸 안고

말똥말똥한 눈들만
건장하게 키우더니

기어이
뚝 부러진 어깨 끝

굵은 단감
아직 떫다

제 3 부 / 깊어진 너 /

마음이 마음에게

물병을 잡은 그가 잔에 물을 따른다

기울인 만큼 채워지는 잔
꼿꼿해서는 흐를 수 없다

마음이 마음에게
흐르는 길도 그렇다

물병을 잡은 그가 잔마다 물을 따른다

누구에겐 한 모금
누구에겐 넘칠 듯이

따르다 쏟아버린 마음은
꾹꾹 눌러 닦아낸다

물병 속에 아무리 맑은 물이 가득해도

기울어야 채워지는 잔
갇힌 채로는 흐를 수 없다

마음도 마음에게
열려야 올 수 있다

겨울, 항동*에서

실타래 감다 보면 손을 놓쳐 실이 풀리듯
항동의 걸음이 여기저기 흩어진다

겨우내 얼지 않는 바다,
배들은 숨이 차다

바닷물에 절여진 날도 짜지만은 않아서
숟가락에 얹어지는 젓갈에도 단맛이 돈다

더디게 삭혀진 것들로
항동은 얼지 않는다

*목포에 있는 시장

마음아

갑작스런 부고에
먹먹히 흘린 눈물이

휴지 몇 장, 온전히 적시지 못할
무게라니

켜켜이
머물다간 자리는 몇 평일까

마음아

손가락을 앓다

검푸른 손톱 위로
붉은 비명이 터진다

아물던 상처에 걸린 실오라기가 퍼 올린 소리
아무리 입 앙다물어도 신음이 새어 나왔다

찬찬히 당겨보는 저편의 기억들

물끄러미 쳐다본다
숨어있는 반 달 한쪽

손끝에 차오르지 못한 달

차오른 적 없는 그대

2월 말

내리던 빗방울이 눈으로 바뀌었다

"꽃꽃꽃"
말끝에서 퍼지는 알싸한 입김

복수초 신을 신는다
몇 발 앞이 봄이다

헐거움에 관하여

오른발보다 반 치수 정도
헐거워진 왼발

기울어진 길처럼
치우쳤던 생각들

왼발의
헐거운 기억

뒤꿈치부터 닳는다.

첫날밤

– 전자레인지

꽃눈처럼 네 품에서
세포들이 깨어난다

경직된 몸은
풀리고

절정에 이른 순간

조리가 끝났습니다
뜨거우니 조심하세요!

깡통의 깊이

다리의 흉터가 금어초처럼 찍힌 사내
동전 하나 담기지 않는 빈 깡통 앞에 놓고
육교를 오가는 신발
힐끗힐끗 보고 있다

얼마를 기다렸을까
금빛 물고기 걸리기를

뻣뻣해진 다리를 꾹꾹 눌러 주물러도
그 자리 푹 꺼진 낮달처럼
쉬 차오르지 않는다

길 위에 떨어지는
소리를 찾는 일처럼

바닥을 보는 일은 아리고 아파서

내 눈길 거두기로 했다
바닥이 깊어졌다

뭉클한 그늘

손잡고 오던 걸음이 신호등에 멈춰서자

해 등지고 선 할아버지의 그림자 깊숙이

할머니
앉아 쉬신다

그늘의
깊은 포옹

곰탕 한 그릇

입안에 가시 돋으면
곰탕집이 생각난다

어릴 적 입 양옆이 갈라지면 데려가시던 곳

아버진 "입이 크려나 보다"
더운밥을 말아주셨다

뚝배기 속 식지 않는 허기를 저을 때
수저 따라 옮겨 앉던
밥알 같은 삶이

이 저녁 물 말은 찬밥에 짠지처럼 얹힌다

능소화 친구

갓 쉰인데 요양병원에 들어앉은 그 친구
걸음이 기울면서 말도 따라 기울었다

침묵이
무릎을 덮는다
흩어진 듯, 흔들린 듯.

차례로 먹여주는 밥
허겁지겁 삼키다 말고

멋쩍게 흐르는 눈물
꾸역꾸역 닦아 봐도

결국엔 잊고 싶던 날이
툭툭 떨어져

붉게 밟힌다

무릎을 세우며

1
뒤뚱뒤뚱 첫걸음부터 참 많이도 넘어졌다

아이들과 장난치다, 호기심에 한눈팔다, 조심조심
자갈길에, 허망한 모험심에, 늘 부족한 주머니 뒤져내
털어가며, 우정이라 여겼던 이름을 도려낼 때. 밤마다
끙끙 앓던 짝사랑을 보내고, 번번이 밀려던 밥벌이 싸
움에서, 심지어 채울 수 없었던 백지 앞에서.

딱지가 떨어지기 전 진물 나는 다른 상처

2

돌아서려다 내 발에 내가 걸려 넘어졌다

한 켤레의 신발인데 왜 닳는 곳이 다를까

눈앞이

캄캄해져도

괜찮은 척 일어선다

시월 벚꽃

봄날에 피었던 진분홍 꽃이 또 찾아왔다

예기치 못한 만남 앞에
왈칵 물드는 마음

가을날

그대도 기별 없이

내게 피면

좋겠다

덧칠된 그림
– 소녀상이 된 어느 할머니

돌아와 덮고 누운 이불은 봉선화꽃밭
꿈결에도 새벽빛이 무서웠던 그 날처럼
머리맡, 옷 보따리는 달아날 준비 중

집을 찾아 물을 찾아 허허벌판 헤매다
갈라진 혓바닥으로 낯선 말을 삼키다 보니
다 잊고 겨우 남은 단어
"엄마", "아가"

굽은 몸은 야위어가도 엄마 얼굴 또렷해
마른 눈가 훔쳐봐도 눈앞이 흐려졌다

작은 발 꽃신 신던 날
꼭 잡은 엄마 손

도마

겉만 얕게 베였다고 안 아픈 건 아니다
살점 떨어진 자리 새살 돋은 적 없다

딱지도 앉아 본 적 없는 곳
햇살이 파고든다

빗살 무늬 찍히다 보면
몸 구석구석 얼얼해지고

두들겨 맞은 자리마다 고이는 핏물처럼

물들어 잘 닦이지 않는 얼룩으로

깊어진 너

제 4 부 / 생각이 선명한 꽃 무늬 /

무늬가 있었다

낡아서 삐걱대는 서랍장을 들어내고

균형이 깨어진 자리
먼지를 쓸어낸다

햇볕도 들지 않은 곳
마음도 닿지 않은 곳

읽지 못한 시간만큼 엉겨있는 묵은 먼지가

빗자루를 흔들어 털어내도 매달린다

생각이 선명한 꽃 무늬만
바닥에 떠올랐다

퍽퍽한 고구마를 먹으며

푹 삶은 고구마를 먹다 보면 목이 메인다

아무리 달달 한 삶도
살다 보면 물을 찾고

막 꺼내 뜨건 고구마에
손 데일 날도 있다

펴지 못한 날개

축 늘어진 그림자를
매달고 가는 길

사거리 건널목에서
갈 길을 잃은 걸까

비둘기 공허한 눈빛으로 길바닥에 누워있다

종종거리며 가는 일이 전부라도 되는 듯

길 위의 먹이를 쫓다
날 때를 놓친 날개

뒤늦게 펴다 만 날개로
아직 뜨건 몸을 감싼다

뭉개진 잿빛 깃털 바퀴 따라 펄럭이다
이른 저녁 하늘을 날듯 하나둘 흩어진다

깊어진 새의 눈처럼

뭉클한 석양 더디 진다

정어리처럼

수족관 속 정어리 떼 약속한 듯 방향을 튼다
점과 점이 모여서 그려낸 거대한 몸

손 뻗어 잡으려는 순간
일사불란하게 흩어진다

불안한 맘 숨길 때는 무리만 한 곳도 없다

있는 듯 없는 듯
사랑하고 아파하고

부딪쳐 사지로 밀지 않고
서로서로 섞여 흐른다

부드럽고 가까운
뜨겁고도 차가운

사람의 무리에서 내가 숨을 곳은?

붐비는 거리를 걷다
어깨와 부딪힌다

초점

지인 옆에 서 있다가 어정쩡하게 찍힌 모습
우스꽝스런 몸짓과 이해할 수 없는 표정
초점이 벗어난 곳에서 슬픔을 오려본다

한번은 빛나고 싶어
하늘 보는 날이 늘었다

별들은 내 마음과 너무 멀어 흐릿하고

별똥별 머물던 하늘
별보다 어둠이 많다

덥석 잡다

한 사람 누운 자리 살펴보고 오는 산길

진창에 빠져서
승용차 헛바퀴 돈다

아직은
보내기 싫다고
좀 더 있다 가라고

손을 따다

겨우 뜬 밥 한술이
가슴에 얹혔다

명치를 만지면
단단한 물방울

내 안에
흐르지 못한
길을 더듬어
손을 딴다

밥 한술 넘기는 일이
목에 걸린 쓴 약 같다

갇혔던 검붉은 강이
서늘한 내게 닿을 때

잊었던

어제의 시간이

뜨겁게

날아든다

그녀의 지문

그녀의 손이 닿는 곳은
언제나 빛이 났다

몸 일으키던 무릎의 뼈가
서걱서걱 허물어져

계단을
오르는 발이
면포綿布 같은 손 앞세운다

몇 칸 오르다 기대어 쉬던 금 간 벽도 매끄럽고
칠 벗겨진 아파트 돌난간도 윤이 난다

그녀의
닳은 지문이
통로를 밝힌다

바다가 된 방에 섬이 떴다

눈물로 된 파도가 붉은 섬을 밀어낸다

내 팔은 너무 짧아 긴 막대로 꾹 누르면 "꼬르륵" 가라앉았다 또 말갛게 떠오르는 섬, 사람 손을 타지 않아 나라도 올라타면 깜짝 놀란 휘청이다 기울어질 듯 위태로운 곳, 바람 거센 날에는 방 구석구석 떠돌다가 다시금 제자리로 돌아가 앉는, 육지로 향하는 바닷길 열린 적 없어 자신도 육지임을 모르는 섬, 몸에 얹힌 바위 위로 뻗은 뿌리는 지켜내고 설음이 깊은 사람을 볼 때는 제일 먼저 그 곁을 지켜주는, 물에 비친 자신을 닮은 이를 그리워하다 누군가의 가슴 위로 울먹울먹 뜨는 섬

맑은 날
별 몇 개 안고서 나에게 와닿는 섬

부부1

딱 맞던 그의 바지가
조금씩 길어진다

언제부턴가 바닥을 쓸고 있는 바짓단

고단한 하루 걷어 올리자
내 슬픔이 따라 말린다

오징어

여행의 기념으로 사 들고 온 마른오징어
바다의 생 위태로울 때 제 다리 끊어낸다는데
몇 번을 다시 세어 봐도 부족한 다리 하나

목숨과 맞바꿀 다리 아직 여럿 남았는데
발겨진 몸 나무 조각 꽂힌 채 뻣뻣하다

웅크려 울 수조차 없어
마른 눈물 냄새가 짙다

바다를 버리고 불빛 쫓아온 긴 촉수

앙다물 듯 말라 있다
내 촉수도 저럴까

뻗을 뿐 끊어내지 못한 날이
질근질근 씹힌다

약수

어디서 솟아야 할지
길을 묻진 않았는데

뿌리는 화살표처럼 한곳으로 가라 했지

땅속은 어둡고 무서워
몇 번이고 주춤거렸지

힘들게 걷다 보면 머리 맑아질 때 있듯
그곳에 닿을 때쯤 내 더러움도 가실까

솟구쳐
숲에 든 한 사람
목 축여줄 수 있을까

지하의 잠

뻣뻣한 가방처럼 무릎을 끌어안고서

더운 입김 불어가며 여윈잠을 데워본다

바로 옆

잠들지 못한

신문 한 조각

들썩인다

그릇을 포개며

떠나온 뒤 생각나는 건 그녀의 굽은 등

며칠째 뭐 하나 담긴 적 없는 너

네 등을 안고서 알았다
외로움이 닮아있음을

넓은 방에 혼자서 끼니를 때우는 그녀
국에 말은 찬밥이면 채워진 허기라서
격식은 귀찮고 위험해 선반 안에 올린 지 오래

그녀는 평생 써도 닳지 않을 그릇을
그리움이 허옇게 쌓일 때면 닦는다

물기가 눈물처럼 맺혀
너와 나는 꼭 맞는다

맛있는 그리움

맛집의 레시피는
모든 양념은 적당히

도무지 가늠되지 않아
늘 과하거나 늘 부족한

내게는
'적당히'가 안 되는

그대라는
레시피

생태적 의식이 수렴된 의지의 시학

노창수 | 시인·평론가

1.

필자는 강경화 시인이 발표한 시조들을 먼발치에서 또는 바짝 곁에 두고 읽은 지 어언 십여 년을 헤아릴 연치에 들었다.

시인은 그동안 쉼 없는 시조 미학을 위해 창작 정신을 단속적으로 일깨우며 작품들을 발표해 온 바, 그 문학의 생태적 정신이 이번에 내놓는 시조집 편편에서도 고스란히 배태되었음을 확인한다. 이를테면 시적 대상에 독특하게 구현된 생명성을 불어넣기도 하고, 재기발랄한 일상적 발화와 함께 존재에 대한 생명주의적 지상을 노래하는 면에서 그러하다. 나아가 대상에 대한 감각적 틀에 자아를 몰입해 넣거나 반대로 이입해 가는 그 의지적이고 구명적究明的 시학도 함께 볼 수 있다. 이에 대해서는 그동안 여러 평자로부터 더러 운위된 바도 있다.

2.

이 자리에는, 먼저 시조집에서 새롭게 시도한 작품들을 골라 보고, 대상을 향한 화자의 내밀한 말하기가 표출된 이른바 자아 생태성의 시조들을 논의해 보고자 한다. 또 강경화 시조의 생태적 추구가 결국 시인의 의식 세계로 맞닿아가는 과정을 피력하려 한다. 그럼으로써 그의 면모를 더 오래 지켜보려는 뜻을 전한다.

남편은 좁은 집을 어깨에 메고 살았다.

노모가 들어오면서 집은 점점 부풀었다. '어떻게 얻은 집인데……' 노모는 방에서 나와 몇 걸음이면 끝날 거실을 운동장이라도 된 듯 한참을 걸어 푸른 나무가 자라는 베란다로, 거기서 심호흡 크게 몇 번 하고 다시 몸을 틀어 물이 있는 주방까지, 지팡이 앞세우고 느릿느릿 갔다. 지나간 자리마다 땀방울 툭툭 떨어진 길이 생겨나 남편은 그 길을 닦으며 생각했다 '어떻게 만든 집인데……' 한참 동안 옆에서 구시렁거렸다 "가구를 새로 바꿀 때가 됐어" 그러는 사이 남편의 허리는 점점 구부려져 노모의 한숨이 밤마다 들렸다, '이제 바꿀 때가 됐어. 이 집을 버릴 때가 됐어' 자신이 짐이라며 노모는 집을 버렸고 이후로도 가구는 여전히 그대로인데 남편은 아침마다 습관처럼 집을 어깨에 메고 일어섰다.

그 집에 아들과 내가 젤 먼저 들어앉았다

— 「달팽이가 된 남자」 전문

이 시조는 달팽이 집처럼 비좁고 누추한 오래된 집이지만 어렵게 장만한 집이란 걸 먼저 강조한다. 보잘 건 없으나 집과 가구들의 짐을 힘겹게 메고 견디며 근근이 살아온 집이다. 노모를 모시면서부터 좁은 집을 수리하거나 조금씩 달아내게 되었고 그런 증축되는 집만큼의 마음도 부풀어 오르게 되었다. 하지만 얼마 후 노모는 자신이 짐이 된다며 집을 버리게 되는데, 이는 노모가 세상을 뜬 이후에 남겨진 화자의 의식으로 자리한다. 그래도 가장인 남편은 아침마다 습관처럼 부양하는 가족과 집을 어깨에 메고 일터로 나간다.
이처럼 작은 집엔 노모와 화자가 들어앉아 힘들게 살
아가고 있다. 남자는 고된 일상을 지탱해가며 집과 식
구들을 위해 노동을 한다. 집을 짊어진 달팽이처럼 그
가 메고 가는 짐은 '가족 부양'이란 무게처럼 힘들고
모질게 짓누른다. 끝내 노모는 집을 떠났지만, 그 짐
의 무게는 여전하다.

　이 작품을 통해 시인은 우리 시대에 약자의 삶이란
집과 짐을 지고 가는 달팽이처럼 고통스러운 현실임
을 알리려 한다. 부양할 가족과 집은 갈수록 무거워지
지만, 그도 달팽이의 몸처럼 늙어가고 그에 반비례해
힘은 더 필요로 한다. 시조는 "달팽이가 된 남자"가 집
을 지고 가는 모습을 사람의 집에 우화화하여 빗댐으
로써 우리 사회의 피폐한 삶과 그 사각지대 현장을 보
여준다.

　　　　노점에서 산 상추에 들어앉은 배추벌레

　　　　내 늦은 끼니를 단번에 갉아먹고
　　　　연둣빛 투명한 몸을 죽은 듯 말고 있다

　　　　벌레도 제 몸 지킬 방법 하나 가졌는데
　　　　기껏해야 소름 같은 비명이나 지르는 나

작은 몸 숨 죽어 있던 곳

비밀처럼 별이 떴다

－「빛나는 구멍」 전문

　　노점상에서 사 온 상추에 벌레가 달려있어 그걸 보고 '아이코 벌레야!' 하고 비명을 질러대는 화자가 있는가 하면, 반면에 작은 몸 숨죽여 있던 곳에 비밀처럼 별과 함께 살고 있다는 행복한 벌레가 있다. 그 둘을 병치·비교해 보임으로써 사소한 일상에서 영원한 생명성을 순간적으로 깨닫게 하는 작품이다. "작은 몸 숨죽여 있던 곳"에 "비밀처럼 별이 떴다"라는 종장에서 '벌레'를 '별'로 자리바꿈을 한다. 그러므로 벌레는 별이다. 언어적 펀(fun)으로도 쓰인 이 '벌레'가 바로 '별'로 환생하는데 시적 의미의 초점이 가 있다. 벌레가 별이 되는 순간은 곧 아름답고 영원한 생명체로의 귀환이다. 이제 벌레는 상추를 떠나 우주로 곧 가 닿을 것임이 분명하다.

　　두 눈에 넣어도 아프지 않을 귀한 새끼야

　　우리는 깊고 넓은 바다에서 태어났지만 물 위에서 숨을 쉬어야 해 심장 터질 듯 바람을 담을 수도 있고 가슴 뜨겁게 꿈꿀 일도 많단다 윤슬을 매

일매일 만날 수는 없지만, 운이 좋으면 노을이 가
득한 하늘을 볼 수도 있어. 그런 날엔 보고픈 먼
고래에게 이 빛을 파도에 묶어 전해 주고 싶지, 맑
은 밤에는 떨어지는 별을 받아 내 꼬리지느러미에
달아주마, 우리는 서로의 온기를 살 비비며 느껴
야 하는 고래. 네가 주는 따뜻함은 하늘이 내게 준
선물, 그러니 이 애미가 닿을 수 없는 심연으로 들
어가선 안 돼, 혹 멀어지면 네 온기를 더듬더듬 쫓
아가마, 펼쳐갈 네 꿈처럼 넓은 바다에서 우리를
잇는 끈은 끊어지지 않을 거야, 그러니 제발 이 애
미가 받쳐줄 테니 젖 한 모금 빨아보렴

내 심장 네게 주어도 아깝지 않을 귀한 새끼야
— 「남방돌고래」 전문

시조를 읽어보니 어미 고래가 새끼에게 주는 애정
은 사람보다도 더 무한한 듯하다. "두 눈에 넣어도 아
프지 않을 새끼"이고 "심장"을 "주어도 아깝지 않을
귀한 새끼"라는 구절 때문이다. 이 말은 옛 어머니들
이나 할머니들이 자기 아이나 손주를 두고 이르던 말
이기도 하다. 시조 형식은 어미 고래가 새끼 고래에
게 주는 말로 구성되어 있다. 어미는 새끼가 길을 잃
을까 해서 "맑은 밤"에 "떨어지는 별을 받아 내 꼬리

지느러미에 달아주마"라고 말한다. 어미 따라 헤엄쳐 가기 좋게 별빛 등을 달아주려는 것이다. 어미는 새끼들이 "서로의 온기를 살 비비며 느끼"도록 최선을 다한다. 위험한 곳인 즉 "어미가 닿을 수 없는 심연"으로 들어갈까 걱정을 하며 가지 말라고 타이르기도 한다. 그러나 만일 어미에게서 멀어지면 "네 온기를 더듬더듬 좇아"가겠다고 천방지축인 새끼들을 안심시키기도 한다.

흔히 고래의 삶을 통해서 이 생태성을 구현해 보려는 시를 요즘에 많이 만나곤 한다. 그러나 이 시조는 어미와 새끼 간의 따스한 정과 보살핌, 그러면서도 안심하고 놀 수 있는 환경을 만들어주려는 더 깊은 생태적 사랑이 넘친다. 이는 강경화 시인이 추구해온 오랜 특장(特長)이라고도 할 수 있겠다.

3.

저녁 먹은 후 베란다 같은 곳에서 앞뜰을 바라볼 때, 그가 시인이라면 맞이하는 어둠 앞으로 나무들이 걸어오는 모습을 보거나 또 소리를 들을 수 있을 것이다. 짙은 밤과 함께한 숲이 점차 시야를 캄캄하게 압박해 오기 때문이다. 나무가 딛고 선 땅속의 뿌리란

대체로 온전히 묻히지 못하고 농사꾼의 장딴지처럼 굵은 힘줄로 드러나 있기 마련이다. 그가 창공으로 줄기를 내뻗는 것은 그만큼씩 성장해가는 일이기도 하겠다.

어둠을 삼키며
나무가 걸어온다

온전히 묻히지 못해
뿌리는 항상 까치발

차가워 온기 한 줌 찾아
더듬더듬 길을 간다

생의 줄기 밀어내어 한 발씩 내딛는 일은
앞서 내린 뿌리를 독하게 끊어내는 일

제 상처 덧나지 않게
제 잎 떨궈 덮는다

맘과 달리 뻣뻣해진 몸
가면 갈수록 푸석거려

닦지 못한 눈물이

하얗게 흩날린다

뿌리는 상처를 끌고

발맘발맘

내게 온다

– 「나무의 걸음」 전문

　나무가 내민 가지만큼의 뿌리를 나무 스스로가 당겨 끊어낸다고 시인은 여기고 있다. 나무는 상처가 덧나지 않게 제 잎을 떨궈 뿌리의 발을 덮는다. 가을이 지나면 뻣뻣해진 몸은 갈수록 말라 푸석해지고 닦지 못한 눈물은 눈발처럼 날릴 것이다.

　나무의 걷는 모습이란 어쩌면 그런 상처를 끌며 다가오는 지난한 것이다. 이 시조는 나무의 생태성, 그러니까 암흑 속에 짙어 오는듯한 나무의 걸음걸이로써 그를 작동시키며 동시에 화자와의 관계를 의인화해 보인다. 이로써 소통하는 생명추구의 간절함을 표출한다.

사람의 왕래가 드문 오래돼 낡은 보도블록을
은행나무 뿌리가 가만가만 밀어 올린다

포도鋪道의 빛바랜 기억이 소리 없이 전복된다.

무엇인가 올무처럼
내 발목을 잡는 아침

벗어날 수 없는 땅
길을 걷고 싶은 걸까?

치솟은 뿌리에 걸려
내 생이 휘청인다

밟힐 줄 알았을까 튀어나온 뿌리
침묵의 시간을 구부려 하늘을 본다

어둠을 찢고 싶은 뿌리,
길을 걷고 싶은 나.

– 「들린 뿌리에 관하여」 전문

보도블록이나 아스팔트에 짓눌리고 덮어지는 그 억
압으로 힘들게 하는 가로수의 뿌리에 대하여 시인만

의 기미적機微的 관심을 표명한 작품이다. 뿌리가 힘을 쓰고 커가면 당연히 보도블록은 밀어 올려지고 뒤틀어지게 된다. 이처럼 포도에는 소리 없이 전복되는 소리로 들끓고 있지만, 사람은 대저 무관심하다. 심지어 도로를 보수하는 관공서에서도 아무렇지도 않은 듯 지나치기에 십상이다. 하지만 이 때문에 사고가 발생하는 일은 많다. 바삐 서둘러 걷다가 울퉁불퉁한 보도블록에 구두 굽이 부딪쳐 발이 골절되는 수도 있다.

　나무는 땅을 벗어나 길을 걷고 싶을지도 모른다. 그의 뿌리에 걸려 생이 휘청이는 걸 화자는 안타까운 눈으로 본다. 어둠을 찢으며 걷고 싶은 뿌리와 길을 걷고 싶은 화자와의 사이에 들린 뿌리가 시인의 눈에 확대된다. 인도人道에 돌출되어 들린 뿌리는 사실 왕성한 저항과 같은 생명력이다. 반면 사람들의 발이란 앞으로의 전진력을 추구한다. 이 둘의 충돌이 아이러니와 갈등을 일으키도록 나란히 구성됨으로써 "들린 뿌리"의 존재는 더 확대된다. 이를 통해서 시인은 보는 이의 마음에 뿌리의 강건함이 자리하도록 시적 배려를 한다.

　　　　다리의 흉터가 금어초처럼 찍힌 사내
　　　　동전 하나 담기지 않는 빈 깡통 앞에 놓고
　　　　육교를 오가는 신발

힐끗힐끗 보고 있다

얼마를 기다렸을까
금빛 물고기 걸리기를

뻣뻣해진 다리를 꾹꾹 눌러 주물러도
그 자리 푹 꺼진 낮달처럼
쉬 차오르지 않는다

길 위에 떨어지는
소리를 찾는 일처럼

바닥을 보는 일은 아리고 아파서

내 눈길 거두기로 했다
바닥이 깊어졌다
　　　　　　　－「깡통의 깊이」 전문

　육교나 지하도를 걸어갈 때 거기 엎드려 낮과 밤
을 새우며 시시포스처럼 견디는 사람을 본다. 그는 동
전 떨어지는 소리를 기다리지만 종일 빈 깡통이다. 이
같이 "소리를 찾고" 기다리는 일은 슬픈 심저(心底)의
"바닥을 보는 일"처럼 아린 일이다. 하루 내 "빈 깡통"

은 깊이만 남기게 되고 사람들은 그에게 차츰 멀어져 간다. 낚시꾼이 월척을 낚듯, 그러니까 제 다리의 금 어초 같은 "금빛 물고기가 걸리기"를 기다리며 팽팽한 긴장을 쏟는다. 하지만 영 소식은 없다. 그는 제 다리의 "금어초" 흉터를 꺼내기라도 하듯 다리를 "꾹꾹 눌러 주물러" 본다. 그러나 낮달처럼 푹 꺼진 살은 튀어오르질 않아 실망한다. 화자는 그에게서 차라리 "눈길"을 거두기로 한다. 그때까지도 깡통 바닥은 여전히 깊어진 그대로일 뿐이다.

이 시조는 우리 시대가 안고 있는 불평등, 그리고 장애인에 대한 편견과 무관심이 빚어내는 아픈 실상을 다룬다. 그러면서도 고발적이지 않고 객관적 묘사와 진술로 안타까운 현상을 드러낼 뿐이다.

봄날에 피었던 진분홍 꽃이 또 찾아왔다

예기치 못한 만남 앞에
왈칵 물드는 마음

가을날

그대도 기별 없이

내게 피면

좋겠다
　－「시월 벚꽃」 전문

　여기서 말한 "시월 벚꽃"이란 어느 가을날 "그대"
가 기별도 없이 "내게" 와 피는 웃음꽃이다. 원래의 벚
꽃은 "봄날에 피던 진분홍" 겹꽃이다. 한데, 그대와
벚꽃 피는 봄철의 만남이 무산되고, 어느 가을날 "예
기치 못"하게 만난 일이 있었다. 그때 화자는 그 앞에
벚꽃처럼 "왈칵 물드는" 감정을 감춘 적도 있다. 그걸
떠올리며 빚은 게 이 시조이다. 가을날 "그대"를 만나
부끄러움으로 그만 물들었기에 이른바 '사월 벚꽃'이
아닌 "시월 벚꽃"이라 부른 것이다. 시월은 그대이고
벚꽃은 자신이다. 이처럼 만나자는 사전 연락도 없이
그대가 불쑥 내게 와 벚꽃처럼 화사한 웃음을 나누면
"좋겠다"는 바람은 사랑의 깊은 열정에서 우러나온
다. 시조는 그런 순간을 간절하고도 재치 있게 포착
한다.
　강경화 시조 중 가장 미학적 묘미가 살아난 시조로
경이의 발상에 상상력이 입혀져 더욱 돋보이는 작품
이다.

검푸른 손톱 위로
붉은 비명이 터진다

아물던 상처에 걸린 실오라기가 퍼 올린 소리
아무리 입 앙다물어도 신음이 새어 나왔다.

찬찬히 당겨보는 저편의 기억들

물끄러미 쳐다본다
숨어있는 반 달 한쪽

손끝에 차오르지 못한 달

차오른 적 없는 그대

– 「손가락을 앓다」 전문

손가락을 다쳤을 때는 번쩍 불이 일어난다. 붉은 비명이 터지는 그 몸서리치는 아픔은 손가락이 다치는 찰나 동시에 일어난다. 그건 상처에 걸린 실오라기로부터 떠올려지는 소리이지만, 순간의 찔끔한 눈물은 앙다문 입술보다 먼저 좇아 나오기 마련이다. 이때 화자는 아픈 상처 뒤에 오는 저편의 기억을 붙잡고 숨어있는 반 달의 한쪽을 들여다본다. 아직 손끝에 차오르지 못한 달처럼 기억 속을 비집고 한 번도 들어와 본 적이 없는 아픈 그대를 들여다본다. 그것 말고는 딱히 할 일이 없다.

앓게 된 손가락 끝에 남겨진 미련은 곧 화자의 후회감이다. 생명체를 거스른 운동으로 다친 후에 일어나는 기계적인 반성은 붉은 비명보다도 더 짙어져야 할 필요가 있다. 그래야 다음에 편한 손가락이 될 수 있음을 우회적으로 시사하는 시조이다.

오른발보다 반 치수 정도
헐거워진 왼발

기울어진 길처럼
치우쳤던 생각들

왼발의
헐거운 기억

뒤꿈치부터 닳는다

－「헐거움에 관하여」 전문

잘못된 무심한 관성적 습관이란 그만 우리를 헐겁게 만들기기도 한다. 우리는 아무 생각 없이 일상의 길을 걷지만 사실 신발은 뒤꿈치부터, 그것도 어느 한 쪽으로만 쏠려 닳게 된다. 그래, 왼발은 "기울어진 길처럼 치우쳐"지고 그때마다 "헐거운 기억"을 가진다. 이 시조는, 일상의 규칙에 대한 해이와 규범을 모르고 방만한 자세로 신체의 헐거워짐에 대하여 스스로 조장하고 경고하듯 진술하지만, 이 헐거워짐이란 사실 곧 각박한 삶에 여유를 주는 일이기도 하다. 대부분 사람들은 뒤꿈치부터 또는 옆쪽부터 닳아져 가는 신발로 인해 스스로가 헐거워지는 여유를 찾기도 한다.

규칙적인 걷기 운동이란, 그 헐거워지는 여유를 자신의 것으로 등록필러 가는 자신만의 산책길이다.

떠나온 뒤 생각나는 건 그녀의 굽은 등

며칠째 뭐 하나 담긴 적 없는 너

네 등을 안고서 알았다
외로움이 닳아있음을

넓은 방에 혼자서 끼니를 때우는 그녀
국에 말은 찬밥이면 채워진 허기라서
격식은 귀찮고 위험해 선반 안에 올린 지 오래

그녀는 평생 써도 닳지 않을 그릇을

　　그리움이 허옇게 쌓일 때면 닦는다

　　물기가 눈물처럼 맺혀

　　너와 나는 꼭 맞는다

　　　　　　　－「그릇을 포개며」 전문

　　대체로 어느 집이든 그릇을 넣어두는 찬장이나 수
납장이 있다. 평소 쓰지 않은 그릇이란 진열한 용품이
듯 유리 벽 안에 갇혀 있다. 허물없이 쓰는 그릇에 비
해 진열장 안의 그릇들은 함부로 꺼내쓰기에는 좀 불
편한, 말하자면 손님용 용기들이다. 그래 시인은 그걸
두고 평소에 쓰기에 "격식은 귀찮고" 깨질 "위험"이
있다고 말한다. 그 때문에 그건 오래전부터 수납장 선
반에 올려져 있다.

　　주부들은 "평생 사용해도 닳지 않은" 이 "그릇"에
대해 화자 또한 회한과 "그리움이 허옇게 쌓일 때"면
다시 꺼내어 닦고 넣어두는 습관이 있다. 그럴 때 그
릇 표면에 있는 물기가 "맺혀" 있어 그들은 서로에
"꼭 맞"아 껴안게도 된다. 자주 쓰지 않지만, 그릇에
대한 그리움이 일어날 때 다시 씻어 포개어 놓는 것이
라는 시적 동기를 통하여, 잊은 듯한 그릇들이 내밀하
게 소통하며 서로에게로 밀착하는 현상으로 떨어지지

않는 한 몸으로 유추해 작품화한다. 그래서 그릇은 껴안아 떼어내기에 힘이 들 때가 더러 있다. 일상에서 흔히 일어나는 꽉 붙어있는 그릇의 에피소드를 이렇듯 해석해내는 건 특별하고도 상세한 미학적 시각을 가질 때 가능하다.

4.

이처럼 내밀한 생태 의식이란 강경화 시인이 다루는 사물관에서 흔히 목격되는바 이외에도 많은 작품을 들 수 있다.

이상으로 강경화 시인의 시조 중 생태적 발상에 바탕을 둔 시인의 의지를 투영한 시편들을 살펴보았다.

영국 철학자, 비평가이자 시인이던 오웬 바필드(Owen Barfield, 1898~1997)는 시에서 생태적이고 은유적인 작용이 실상은 언어의 곳곳에서 발견되는 어떤 '전의(轉意, tarning)'라고 해석한 바 있다. 즉 하나를 말하고 다른 것을 뜻한다는 목적으로, 지정된 은유의 틀 속에서만 발견되는 것이 아님을 언급한 것이다. 그것은 시인이 지금 말하는 시적 언어와 더불어 내면에 자주 일어나는 언어적 작용을 집약·묘사 진술해 내밀성을 증명해 보이는 것이다.

강경화의 시조는 눈에 보이는 외연의 생태를 바탕으로 눈에 보이지 않는 내밀의 생태로 끌어가는 이 '전의'의 시법을 보인다.

앞으로 시인만의 시조 미학을 더욱 진전시킴으로써 한국 시조단에 뚜렷한 작품성을 발휘하며 성장해가기를 바라며, 시업에 끝내 대성하기를 희망한다.

아꿈시선 02

나무의 걸음

—

초판 1쇄 인쇄   2022년 11월 25일
초판 1쇄 발행   2022년 12월 1일

—

지은이   강경화
펴낸이   임성규
펴낸곳   아꿈

—

출판등록   2020년 12월 23일 제363-2020-000015호
주   소   62357 광주광역시 광산구 월곡산정로 20-49 101동 106호
전자우편   a-dream-book@naver.com

—

*책 가격은 뒤표지에 표시되어 있습니다.
*지은이와 협의에 의해 인지는 생략합니다.
*잘못된 책은 교환해 드립니다.

—

ISBN 979-11-973253-7-3 03810

©강경화, 2022

이 책은 한국장애인문화예술원의 장애인문화예술지원사업으로 지원받아 발간되었습니다.